歌集
カランドリエ
calendrier

佐藤せつ

砂子屋書房

＊目次

装本・倉本　修

歌集　カランドリエ

カランドリエ

鞦韆やカランドリエの意味を知るねむれぬ夜に本を開けば

玉手箱開いたようなひとときを歌詠みはじめの教室で知る

言の葉のジグソウパズル嫉妬心どこにうめよう空白の日々

細い髪まくらに残り春の朝言の葉わすれ夢も忘れる

苺大福

一つからどうぞの貼り紙ちらり見て苺大福二つもとめる

見晴らし良し宗教不問バス便あり墓地見学は土曜の午後に
お揃いのパッチワークのリュック背にからりん五月のご婦人ふたり

デパ地下に半額シール貼られいるもろもろのこと捨てたい時間

新年挨拶

次々と順番近づきわが胸の動悸たかまる新年挨拶

年下の上司のもとに働きて今日は最後の出勤簿押す

古き日にタイムスリップかなしみの閉じ込められたピンクの手帳

目覚ましのベルより早く目が覚めて空欄多き手帳ながめる

後輩に「矍鑠として」と褒められる五十代半ば返事にこまる

ハンカチの木

バニラアイスミントの若葉がのっている食べるかどうか迷ったあの日

学業に専念すると君は言うハンカチの木の白さのように

うそつきめ誰とも結婚しないなんて斜めに陽がさすあの日の部室

西行の歌に出会った十五の秋坊主頭の君の詰襟

奪うように吾のコーラ飲み干して話があるとあの日の君は

放課後の弓道部室汗臭く狭くて暗くて夢は溢れて

貸出しカード

図書室の貸出しカードに君の名あり寄り添うように吾名をサイン

百人で校歌を歌う同期会半世紀すぎ遠くを見る目で

閉校の記念式典担任の森谷先生われを忘れる

歌一首版画に彫られ君からの年に一度の生存確認

埋火のいつしか消えてクラス会グラス片手に手を握り合う

青春を耳の形が告げている技あり一本語らぬ君の

日めくりカレンダー

亡き母によく似た媼一人すむ厨のあかり今日もともりぬ

日めくりのカレンダーあり故郷には鍵は無用と縁側に夏

庭先の柿の新芽が出てきたとエンピツ書きの母の絵手紙

故郷の雨が霙にかわるころ母はつくりぬ得意の粕汁

慰労の言葉

いくつもの管に繋がれ伏す父は慰労の言葉吾にかけたり

看護師に我慢づよいと褒められて痛いとも言わず父の最期は

突然に癌になったと父は言い三月も経ずに静かに逝きぬ

十年来手帳につづる日々のこと亡き父に似て癖ある文字で

さなぶり

大家族の終い湯はいつも母の番わがためだけの湯に入り偲ぶ

縁側に笹の葉ひろげ団子巻く早苗饗の日の母のエプロン

母のそばぺたりと座り待っている置薬屋の紙ふうせんを

晩秋の家族総出の煤払い雪ふるまえの小さきにぎわい

さわさわと雨音のごとく桑を食む蚕を増やし学費にと母

笑っても泣いて過ごすも一生と嫁ぐ前の夜母は語りぬ

年重ね読書三昧が母の夢病はそれすら忘れさせたり

長財布に増えゆくカード身のたけの暮らしをしろと母は言いしも

非通知

受話口によばれて行けば非通知の「お嬢様は嫁ぎましたか」

サイバーテロブログ炎上も関わりなく庭の草ひく南天揺れる

今もなお北におかれし人々に宇宙より遠い国なり日本というは

ドローンに追いかけられる夢を見る朱いカンナの燃え立つ道を

野ばら

皇后さまのお好きな歌と少年ら「野ばら」を歌うウィーンより来て

初雪が帽子のようにのっている黄のチューリップ朝日にゆれて

葉の先のくるりとまいた蔓ゆれてからすのえんどう今咲き始む

凛として生きていけよと言うごとく北風の中水仙咲けり

見上げれば雨ふるごとく大藤は吾の視界をおおいつくせり

藤の花つなぎつないでドレスなどつくりてみたし香りまといて

ねじ花の捻じれることでまっすぐに上へ上へと青空めざす

新学期

ぽこぽこと音符のように連なりて園児らの行くちかくの公園

学童に挨拶されて新学期いちょう並木に若葉の萌える

陽に向かい僅かに反りし銀杏の葉一年生の通う道筋

若葉萌え銀杏並木の通学路黄色いカバーのランドセル行く

ワイシャツの背中いっぱい風ためて高校生は自転車とばす

アグロステンマ

青空を透かしてみせる桜の木毛細血管晒すごとくに

揚羽蝶もの言いたげに庭を舞うそろそろ決断迫られている

道の端に雌しべ雄しべをかくし咲く人寄せ付けぬあざみの花は

雨にぬれアグロステンマ白く咲き亡き友しのぶ命日近し

春の夕暮れ

慎ましく食材求め三本のチューリップ買う春呼ぶ黄色

白間津の花の中にぞ西行を立たせてみたい春の夕暮れ

棘がない木香薔薇の黄はあふれ姉の電話は退院告げる

若葉より零れる日差し柔らかく十二単の咲く野にそそぐ

水滴一つ

「検針です」メーター横の紫陽花のピンクのふちどり気づいたかしら

落ちもせずシンビジュウムの花びらに水滴一つ朝を光りぬ

諍いを避けたいだけの沈黙にテレビ画面はさくら満開

いつも食むトマトの若苗に黄花の咲くを初めて知りぬ

レシート二枚

食卓にレシート二枚のっている気づかぬふりもそろそろ限度

グラタンのチーズの下にほっこりと袋田土産の白いゆりの根

バーゲンで求めし小鉢手になじむ独活の酢味噌とサッポロの生

生前の姿が突然浮かびきて皿の上なるカタツムリたち

おにぎり

ゆびさきの指紋すりへりレジ袋なかなか開かぬオレンジ重い

パリパリの海苔のおにぎりおふくろの味と子は言いコンビニへ行く

どら焼きのあんの甘さにとけていく昨夜の諍い花いちもんめ

授業まえ「晩飯いらぬ」のメールあり台風一過の夕空晴れる

主役にはついぞなれない半生に今朝は美味しいはるさめサラダ

カサブランカ

「今日一番大きい荷です」母の日にカサブランカの香り届きぬ

ボケ防止と聞けば何でもトライするあれれ三日後それを忘れる

出勤の夫送り出しもこもこと炬燵にもぐり朝刊を読む

指五本熊手のように髪に入れなるようになると吹く風をまつ

叶うならアメージンググレース聞きわれは逝きたし雪にうもれて

紙袋に入るほどしか夢はなく雨にも負ける風にも負ける

「あなたより早く買ってもいいですか」押し入れに眠る高額ウイッグ

路上ライブ

駅前の路上ライブは風にのり体育すわりの少女が二人

駅前でアクセサリー売る異邦人「似合いますね」と巧みな日本語

駅前の「お願いします」とティッシュ出す人に会釈し通る日本人

ポンと飛び降りたつもりが膝をつき大丈夫かとマイクで言われ

バスおりて小走りに行く男の子野仏の前に手をあわせおり

青空をひとりじめした空間に昨日の息を吐き出し歩む

それぞれに「聞いて聞いて」としゃべりだす脈絡もなくコーヒー三杯

どれにしますコーヒー紅茶日本茶か鏡の中で美容師の問う

マニキュア

「というよりは」彼女の口ぐせ頻繁に否定されつつ会話は続く

深夜まで語りし友のかすかなる寝息聞きつつ目を閉じている

旅友と二泊三日も語り合い帰宅後またも長電話する

「胃がんなの」告げたる友と二年のちすすき穂ゆれる箱根に遊ぶ

聞き上手の人につられてあんなこと言ってしまえりマニキュアを塗る

マニキュアを落とせばすっと息をするまったり重い土曜の午後に

クロマドボタル

暗闇に目を慣らしつつ微かなるクロマドボタルの光をさがす

薄緑の羽ふるわせてせみの羽化地上10センチ日蝕の日に

生きている意味あるだろうゴキブリも相性悪く赦せぬごめん

三日月に金星よりそい宵の空取り残された一人の夕食

玄関で呼ぶ声のしてスーパーマーズさっきまで観てたと言わずにおこう

カーテンが僅かに明るみ午前四時下句できず寝返りをうつ

口はさむタイミングをのがしてる疲れきってる昼の朝顔

十字路に

外傷は一つもなくて愛犬の首輪をはずし毛布をかける

十字路に新たな花とヤクルトの置かれて暮れる辰年みそか

回覧を隣に届けるその間デンマークから着信メール

声高に「二番ではだめなんですか」事業仕分けは歯切れがよくて

人は去り動植物は生きのびるチェルノブイリに春はまたきて

緋メダカ

駅までの短い会話「気を付けて」月曜の朝単身赴任

水草に見え隠れする緋メダカは今朝一番の夫との会話

餌をやり動体視力ためされる胸びれ尾びれ動く緋メダカ

結論はわかっているのに聞いてみる囲碁に夢中の夫の横顔

冬鯖のトロリとみそ煮仕上がりて夫の料理に穏やかならず

感化され玉ねぎチーズの味噌汁を三日も作る夫の厨

ライフ君に「モファ」と呼ばれて私には見せたことない夫の笑顔

外出時「今日のランチは別々か」夫のつぶやき背中に聞いて

黄昏せまる

君の後歩調をあわせ尾瀬を行く草紅葉にも黄昏せまる

日曜の笑点だけは二人で笑う一週間の終わりと始まり

窓口に保険証出せど見もせずに割引料金二人で映画

リタイアはまた一年後になるらしい六十九歳笑顔の夫

迷ってたワイシャツ二枚買いましょう目覚まし時計も今までどおり

朝と夜十回ずつのスクワットオリンピックかと夫に言われる

バス停でとっさに入力上句を携帯とじて傘を忘れる

携帯に上句ばかりメモのこり締切までの日時はせまる

左指

左指カッと開いて錦織の打球はきっちりラインの中に

プロ始動厳しい練習「職」と言うティーンエイジャーのオコエ留偉君

錦織のはち巻きいつも縦結びユニクロの舞う歓声の中

柔らかいタオルで結弦の顔の汗拭いてあげたいキスアンドクライ

水中の水平姿勢美しく萩野のキック他を引き離す

週四回通うジムのフロントで折り紙のような挨拶される

チリチリと痺れにも似た感覚を耐えつつ泳ぐあと5メートル

手をとられ介護されてる心地する吾子より若い水泳コーチ

あと二列ググッと順番近づいて背泳ぎ競技スタートを待つ

水泳コーチ

柔らかくこの身を包む今日の水ゆっくり泳ぐ返事は明日

昼下がりすいてるプールクロールで右手左手ワルツのリズム

正確な漢字まじりの手書き文字水泳コーチの泳法指導

古の武士のごとき名の若者に水中姿勢正されている

やりそこねクイックターンで床に擦り優しく撫でられ子供にかえる

これはもう水泳中毒週五日入水前は水着がきつい

二メートルの水深プール両肩を交互に見せてコーチの泳ぎ

百八本

まだ歩みできぬ幼児いだかれて寝たままプールに水泳教室

百八本クロール泳ぐ年の暮過信禁物とメールが届く

きっちりとゴーグルおさえ水中に一瞬きえるざわめきの声

注目を独り占めして九十歳二十五メートルさわさわ泳ぐ

おもいっきり飛沫をあげて飛び込めば水は痛くてかたいものなり

乾いた食器

帰らぬと電話で告げる息子の部屋にみかんの皮と乾いた食器

自立せし息子の本棚のかたすみに友よりの文密かに残る

一人居の息子の手料理チャーハンを涙かくしてご馳走になる

息子の土産誰かに見せたい話したいそっと身に着け鏡に映す

弥生吉日

おかあさんと吾を呼びくれし花嫁とカメラにおさまる弥生吉日

新築の息子の家の計器家電ばあばの知恵は使うところなし

メールにて「子は鎹ってほんとだね」不惑の息子よ君も鎹

子ら二人税金払い生きているそれで充分中辛カレー

仏壇もない団塊世代の我が家には子等帰りこず盂蘭盆終わる

初サラリー

洗面器で本洗っていたあの娘夢をつかみて今外国に

憧れの職につきしが成田では行きたくないと小さい声で

洗剤の手からするりとカップ落ち娘の初サラリーのウェッジウッド

パソコンを片手にもちて外国へ赴任する娘に涙はみせず

時差七時間

メールより声聞きたくて時計みる娘の住む国は時差七時間

発熱と国際電話かかりしも水分補給と繰り返すのみ

外国に一人住まいて三か月言葉もつまる娘からの電話

受験時に買い与えたる置き時計娘は母となりまだ時きざむ

四年ぶり帰国する娘の好物の茗荷のみそ汁布団を干して

車輪の音こんどねこんどねと聞こえくる九月帰国とメールのありて

無人販売

ナストマトキウリインゲン店先に豊富にならび今日は啓蟄

生産者記入されたるじゃがいもをほっこり煮込むポテトサラダに

雨上がり黒土しめる宿連寺無人販売のナストマトあり

絹さやの花を見たさに急ぎ行く根戸の片すみ一坪農園

キウリ苗ひと雨ごとに蔓の延び初なり一つ朝食にだす

女偏

ポケットに僅かに残る若さなどとりだしてみる線香花火

細胞の一つひとつが嫉妬する女偏二つテニス教室

一本の髪の毛さえも感知する唇あつし花びらの舞う

断捨離と仕分ける手紙年賀状夫に見せぬ数枚のあり

一つ傘で濡れる日もありそれぞれの傘で気遣う互いの距離を

肩ならべ歩いてみても公孫樹の葉揺らす風などとらえきれない

福は内福は内とぞ豆まけばわが裡にいる鬼に嗤われ

デパ地下で一人で食べる中華丼鶉たまごは元気のひとつ

軽井沢

隣町行くかのように軽井沢行って戻って一日終わる

単身で夫住む町の高松で初めて食す太刀魚の刺身

夫一人昨夜は何を食べたやら万座温泉朝湯に入る

小雨ふり今宵は中止の風の盆一泊二日帰京のバスに

四十五年

一人鍋ふっくら牡蠣に火がとおり夫出張の夜のはじまり

二人とも眼鏡をはずし新聞を読むようになりお茶飲みながら
結論を言わずに話すくせあると夫に言われて四十五年

サイレンの激しく近くに聞こえし夜いまだ帰らぬ夫の寝床

憲法記念日

オープンカーが隣を走るみどりの日東北道は今が新緑

アメリカの小さな国旗なびかせてハーレーのゆく憲法記念日

お向かいの二本のもみじ切り取られ表札かわり三輪車あり

銀輪を連ねて走る若人の光と風をおきざりにして

スコール

空港で会えますようにと祈りつつ機内で一人初めての旅

ユニセフに僅かばかりを振込みて成田へ向かうトランク引いて

運河沿いアンデルセンの足跡を訪ねて歩く暮れぬ夏の日

「スコール」とグラスを合わすデンマークセーターを着てサマーパーティ

お揃いの小さな琥珀のペンダント運河のほとり姉と求めき

ヴェネチアの運河ゴンドラ見る人の多言語聞こえ吾も旅人

菩提樹の花の香を身にまといブラチスラバの城を歩めり

洪水のような自転車今はなく車と人波天安門に

兼六園

そのために行ったわけではないけれど白萩を見る兼六園で

村上市終点となる車内には姉と私とたんぽぽふわり

上越線長岡駅に停車後はみどり緑の越後の平野

町並みは直線直角に整いて道草できぬ研究学園

ボタン押しドアを開閉ふるさとの越後大島下車は三人

口紅

たっぷりとそのぬくもりを胸に抱くやや口開けて眠る幼子

よちよちと吾に近づき目の下のホクロにそっと手をだすおさな

二歳児のケイタイもてば「はいはい」と頷いてみたりお辞儀をしたり

お姉さんになったばかりの二歳児の涙ためつつお昼寝をする

三歳児口紅もてばはにかみて紅ひくさまは一人の女

女孫ふたり嫁も私も笑窪ありなにやらうれし三月三日

幼児の目からぽろりと涙おち訳はきかずにただ抱きしめる

バイリンガル

幼子の大人四人に囲まれて凧揚げをする正月の空

鯉のぼり兜もいらぬと娘は言えりあと二ヶ月で夫の国へ

鯉のぼり土手の川風に泳いでるマンション住まいの初孫思う

夫と婿ワイン売場で品定めししゃもがいいと四歳児言う

たどたどしいバイリンガルの四歳児ごはんに納豆大好きという

車という絵手紙届く四歳児の描く車に吾も乗ってる

きれいな脂

「おめでとうございます」と受付で看護師の言うわが誕生日

発熱の気だるく目覚めた枕辺にフルーツゼリーとリポビタンD

わが胴体輪切りに見せて医師の言う前も後ろもきれいな脂

精一杯飛んでるけれど落ちそうな夢をよく見た子育て時代

看護師の「ショートカット似合いますね」死ぬまで通う大野医院に

三十九度

朝昼晩咳の続きて病院の防水シートのベッドに寝かされ

点滴の終えし連絡遅すぎると三十九度の熱ある吾に

君の衣類どこにあるのか分からぬと季節はずれの衣類持ちくる

使用前後消毒液で拭けとメモ入院病棟トイレにいけば

看護師に言われたことをこなすのみ向かいのビルから鳩の飛び立つ

人間ドック

日記には二つの良きこと探し書く長引く咳のようやく癒えて

一泊の人間ドック針刺され放射能あび長生きするか

注射器にゆっくりたまる血液のザッワと抜かれる人間ドック

朝晩に赤白四粒の薬飲む終生飲みつつ生きていけとは

三種類三百六十五日朝と夜食事のごとく服薬をせり

薬飲むために生きてる吾なのか月に一度は大野医院に

若き医師パソコン見つつ吾に言う「大丈夫です薬をのめば」

風評被害

ガンバレとたやすく言えぬ七人の家族亡くした女子高校生に

着ぶくれて湯たんぽ出して早寝する申し訳ないと思いながらも

福島の綿摘み作業は手に優し復興支援の秋の日暮れる

綿摘みを手伝いながら聞いている風評被害いまだにあると

蛍光灯一本おきにはずされて中吊り広告すくなくなりし

「この国の水飲めるよね」娘に言われ迸る水ヤカンに入れる

紫式部

家事終えて遠く近くの蟬時雨カーテン揺らす風は秋色

霧雨に買ったばかりのレインシューズ往復三分ゴミだしに行く

鈴なりの紫式部見つけたりカメラに収め日記に記す

ふくふくと湯気たちのぼり故郷の兄のつくりし新米香る

手賀沼大橋

わだかまりようやく溶けて虫の音の優しく聞こえ秋のふかまる

ゆく秋の手賀沼大橋影のびてスワンのボート岸にゆれおり

問えば即座に答える大鷭です胸はり歩く手賀沼あたり

ウインドウにポインセチアの赤は映え風舞う街角人ら行き交う

学童をほとんど見かけぬこの街に夕焼け小焼けの曲がながれる

団塊世代

プレハブの教室もあり高校は一学年で十一クラス

また一人ひとり暮らしと友はなり団塊世代と呼ばれし我等

れんげ田で遊びし四人名簿では鬼籍に二人故郷とおく

素のままで会話のはずむボランティア吾の居場所はここにあるかも

西太后西行カフカに会ってみたい酷暑に溶けた脳のたわごと

わだかまり夫に話しそれ以降空飛ぶ夢を吾は見ざりき

突然に秒針の音聞こえくる不安なような朝のまどろみ

姉

吾が憂い全て聞き入れ領きぬ姉は乳房をなくしたあとも

横浜に幼児二人の手を引いて姉に話を聞いてほしくて

宅配で米味噌クルミ豆小豆母亡きあとも義姉から届く

鬼の数八千匹と義姉笑い手作り笹巻我等にふるまう

亡き父の好みし掛軸竜馬像右手を隠し越後をみてる

譲られて

譲られて座れど下車駅あと少し寝たふりできず読む本もなく

駅前の回転展望レストラン利根川を見て手賀沼をみる

前の席男性七人すわりおり革靴すべてハハハとならぶ

日本を背負う

前に一人後ろに一人背中にも日本を背負う自転車のママ

あかときに目覚めて寺の鐘の音大都市柏のかたすみに聞く

雨あがりポストのふちのひと雫明日締切のはがき一葉

真白なワイシャツ姿紺スーツ新社会人春をつれくる

読書日記

はらの裡探られながら読みすすむダンテの『神曲』光見えるまで

「そうさなあ」マシュウに言わせる村岡さん娘も読んだ赤毛のアンを

両脇に子らをねかせて本を読むこっちむいてと交互に言われる

立ち読みの客の間をじぐざぐと歩きまわりて「金子みすゞ」に出会う

目を閉じて「明日は明日の風がふく」ビビアン・リーになった瞬間

読書日記開けば過去に読んだ本またも購入「三浦しをん」を

午後の電話

五線譜の音符のような鳥たちの居場所をうばう電線地中化

美しい着物の女子は異邦人浅草あたり桜も咲いて

不用品一足でもいいいんです伺いますと午後の電話で

跋文　今朝は美味しいはるさめサラダ

――佐藤せつ歌集『カランドリエ』を読む

三枝昂之

（一）

佐藤さんとの出会いは、私の記憶の中では早稲田大学のエクステンションセンターの講座だった。二〇〇八年四月から私はそこで短歌講座「研究と実作」を持つようになり、調べると翌年からの提出作品資料に佐藤さんの名と歌がある。二首だけ紹介してみよう。

駅前の回転展望レストラン利根川を見て手賀沼を見る
「と言うよりは」彼女の口ぐせ頻繁に否定されつつ会話は続く

一首目は「自分の町を詠う」という課題に応じた作品。佐藤さんの住まいは柏だからこの駅はJR常磐線の柏駅だろう。当時私は二松学舎大学の柏校舎へ週に一度通っていて、学生から「手賀沼に吟行に行きましょう」と提案されたこともあり、駅前を含めて馴染みの風景でもあった。それで佐藤作品は「利根川を見て」に「手賀沼を見る」と重ねるから展望の開けた心地よい風景が浮かび上がる。

二首目は自由題の歌会作品である。一旦受け入れるそぶりを見せながら否定する話し相手の「と言うよりは」がリアルで、ああこういうタイプ、確かにいるなあと共感しながら親しいなかの心理劇を楽しむことになる。

講座には初めて短歌と向き合う初心者もいるが、佐藤さんの短歌はすでに表現を手の内に入れている世界と感じさせ、最初から安心して見守ることのできる受講生だった。

（二）

今回の歌集は「カランドリエ」というタイトルが示すように身の巡りの暮らしを細やかに詠った上質な世界だが、幾つかの主題に立ち止まりながら鑑賞していこう。

まずは故郷の越後と母を見つめた世界。

ボタン押しドアを開閉ふるさとの越後大島下車は三人
日めくりのカレンダーあり故郷には鍵は無用と縁側に夏

調べると越後大島駅は山形の米沢市と新潟の村上市を結ぶＪＲ米坂線の駅、昭和四十八年に無人化したとある。「ボタン押し」がローカル線の手触りを生かすが、下車が三人という微妙な数にも過疎というほどではない村の暮らしの現場感がある。その故郷の生家、鍵は無用で日めくりの暦が掛けられている。遠い日の空気が蘇ってくるが「縁側に夏」という結びが、どこにもあった、そして私たちの世代も経験した、開放的な季節と暮らしを広げて懐かしい。

大家族の終い湯はいつも母の番わがためだけの湯に入り偲ぶ
さわさわと雨音のごとく桑を食む蚕を増やし学費にと母
笑っても泣いて過ごすも一生と嫁ぐ前の夜母は語りぬ

三首はそうした故郷での遠い暮らしの中の母を引き寄せている。いつも終い湯の母。子によりよい学びの場を与えようと働きづめの母。そして古くからの役割を黙々と担う母。昨今のフェミニズムからは叱られそうな暮らしぶりだが、だからこそ嫁ぐ娘への経験に裏付けられた〈笑っても泣いて過ごすも一生〉という言葉が重い。

長財布に増えゆくカード身のたけの暮らしをしろと母は言いしも
日本の母、というといかにも古いと自分でも思うが、それでもそういう言葉がもっともふさわしい生き方はやはりある。お天道様が見守っている身の丈の暮らし。だからカードが増えてゆく暮らしの中で佐藤さんは母の言葉を思いだし、自問するのである。

ありきたりな生き方だけが持っている存在感を示して、滋味深い母であり、母の歌である。

故郷繋がりで遠い日の恋にも立ち止まっておこう。

西行の歌に出会った十五の秋坊主頭の君の詰襟
放課後の弓道部室汗臭く狭くて暗くて夢は溢れて
図書室の貸出しカードに君の名あり寄り添うように吾名をサイン
青春を耳の形が告げている技あり一本語らぬ君の

十五の恋の相手は硬派の柔道部員だったと読んだが、四首目の「君」とは別の可能性もある。もちろん誰でもいいのだが、そして三首目の貸出しカードは微笑ましすぎるが、二首目の部室の空気がリアルで、運動部の部室はどこもそうだったなあ、ほこり臭さも加わって、と懐かしさを覚える。その汗臭さと狭さと暗さが十五歳の青春をたしかな手触りにしている。そして数十年経った同窓会での再会。これも定番中の定番だが、柔道の選手にありがちな一点（だから恋の相手は柔道部員と読んだのだが）を見つめた「青春を耳の形が告げている」が定番を一回的な味わいにしている。佐藤さんはこの辺の焦点の絞り方が確かなのである。

私が佐藤さんの世界で特に好きなのは日々の暮らしの歌である。

食卓にレシート二枚のっている気づかぬふりもそろそろ限度

主役にはついぞなれない半生に今朝は美味しいはるさめサラダ

レシートを置いたのは夫か息子か。目に入るのにとりあえず無視し、そして揺れる。そのささやかな心理劇がいかにも家庭の主婦のもので「そろそろ限度」

が楽しい。二首目は上の句の思いと下の句のメニューのマッチングがいい。さらりとしたその食感が肯定も否定もない市井の暮らしの自画像を生かしてセンスを感じさせる表現である。

駅までの短い会話「気を付けて」月曜の朝単身赴任
リタイアはまた一年後になるらしい六十九歳笑顔の夫
迷ってたワイシャツ二枚買いましょう目覚まし時計も今までどおり

週末に帰宅して月曜の早朝出掛ける夫の暮らし。送りながらかける言葉が端的でありふれた「気を付けて」であるところがいい。それで十分に心は伝わるからだ。殊更な言葉でないから長年連れ添った男女の近さが生きるのである。二首目を受けた「ワイシャツ二枚買いましょう」からは支える者の心はずみも広がる。こうした場面も連れ合いならではの味わいだろう。

息子の土産誰かに見せたい話したいそっと身に付け鏡に映す
子ら二人税金払い生きているそれで充分中辛カレー

土産はブローチの類だろうか。プレゼントは誰からでも嬉しいが、わが子の心遣いであればやはり特別。その特別感の中で「見せたい話したい」と鏡に映すところがかわいい。だから歌として楽しい。二首目はしっかり暮らしている二人の子供への安堵感だが、それを「税金払い生きている」と示したところに表現のセンスが表れる。

フランス語のカランドリエは英語ではカレンダー。日々の暮らしも短歌が添うと一歩色彩が加わり、味わいも深くなる。佐藤さんの歌集を読みながらそうした短歌の魅力を楽しんでいただきたい。

平成三十年五月四日

あとがき

短歌の素養もないのに、新聞の歌壇に三十一文字をならべ投稿したところ、岡野弘彦先生が採用してくださり、新聞に自分の名前が載った。嬉しくなり四、五回投稿したがその後は採用されず、基本から学ばなければと痛感した。

近くのカルチャーセンターに入会してみたが、自分の希望するものではなかった。そんなとき早稲田大学の、オープンキャンパスで三枝昻之先生の「短歌――実作と研究」の教室を知り、入会させていただいた。先生のご指導のもと多くのことを学ばせていただいた。

実作は、つくる人の感性、知識、環境などにより、とてもむずかしく歌を読む楽しさ、歌を詠む難しさを感じている。

推敲もあまりせず、拙い歌を本にしてよいものか、迷いがあったが今の自分の歌なので、しかたないと思い出版することにした。それには信頼できる友人をなくしたこと（二人）や、年毎に老いていく自分の体力・気力なども関係している。今できることを、今やっておかなければ、と最近思うのだ。

平成二十七年には「りとむ」に入会させていただき、三枝昂之先生、今野寿美先生にはとてもお世話になっている。今野先生にはくじけそうな私に、優しい励ましの言葉をいただき感謝申し上げます。また三枝先生には、ご多忙のなか跋文を賜り心より御礼申し上げます。

早稲田大学のオープンキャンパスでご一緒させていただいた川越様、平塚様、りとむの竹内様、よきアドバイスありがとうございました。

出版にあたっては、砂子屋書房の田村雅之様、担当の高橋典子様、装幀の倉本修様に大変お世話になりました。御礼申し上げます。

平成三十年三月

佐藤せつ

歌集　カランドリエ

りとむコレクション105

二〇一八年七月八日初版発行

著　者　佐藤せつ

千葉県柏市大島田三十一－一（〒二七七－〇九二二）

発行者　田村雅之

発行所　砂子屋書房

東京都千代田区内神田三－四－七（〒一〇一－〇〇四七）

電話　〇三－三二五六－四七〇八　振替　〇〇一三〇－二－九七六三一

URL http://www.sunagoya.com

組　版　はあどわあく

印　刷　長野印刷商工株式会社

製　本　渋谷文泉閣